LES
SOUVENIRS

D'UN

CITOYEN

———————

RECUEIL DE POÉSIES DIVERSES

PAR

GASTON GACHE

MEMBRE DE L'ENSEIGNEMENT

———

Prix rectifié : 1 fr.

———————

EN VENTE

CHEZ TOUS LES LIBRAIRES QUI EN FONT LA DEMANDE

DÉPOT

CHEZ MASSABIAUX, LIBRAIRE A VALLERAUGUE (Gard)

—

1888

LES
SOUVENIRS

D'UN

CITOYEN

———∞ ∞———

RECUEIL DE POÉSIES DIVERSES

PAR

GASTON GACHE

MEMBRE DE L'ENSEIGNEMENT

———

Prix: 1 fr. 25

———∼∞∞∼———

MONTPELLIER

TYPOGRAPHIE ET LITHOGRAPHIE CHARLES BOEHM

—

1888

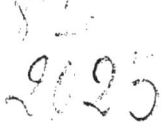

OBSERVATION

PRIÈRE AU LECTEUR

1° D'être assez bon pour ne voir rien de scabreux dans ce petit volume : tous les sujets qu'il comporte ont été inspirés par un sentiment moral, et ils ne visent généralement que les défauts rongeant encore la société actuelle ;

2° De ne pas trop s'arrêter sur les incorrections qu'il pourrait y rencontrer en le parcourant, puisque son auteur en est à son coup d'essai, et, du reste, ne s'illusionne pas sur son talent littéraire : il se croit à peine capable de dédier son petit ouvrage à la République sociale, et il n'hésite pas à lui faire cet hommage.

G. GACHE.

LES SOUVENIRS

D'UN CITOYEN

MON JOSEPH

SCÈNE CRITIQUE SUR LES MŒURS DE CERTAINS VILLAGES

Personnages : Gustave, touriste ; Margoton, bergère ; Joseph, berger ;
le Curé ; Boudifflard, père de Joseph ; Cuffinard, père de Margoton ,
les Mères de Joseph et de Margoton ; le Maire ; le Suisse.

ACTE PREMIER.

GUSTAVE.

Belle dame, salut ; au nom de l'espérance,
Je désirerais voir le bienheureux séjour
Qui daigna protéger votre robuste enfance.

MARGOTON.

M'sieur sans souci du froid, la nuit comme le jour,
  Je vis chez moi, dans des rêves étranges,
En voyant mes pourceaux dormir comme des anges.

GUSTAVE.

N'ai-je pas jugé juste, et me suis-je trompé ?
En vous voyant porter une tête si belle,
Serais-je vis-à-vis d'une âme un peu cruelle ?

MARGOTON.

Bien des fois en courant l'on se trouve attrapé !
La vis est à l'écrou, l'âme est au purgatoire ;
Moi, je suis à Joseph de corps et de mémoire.

GUSTAVE.

La mer est au poisson et l'air est à l'oiseau ;
Le vivant à la vie, et le mort au tombeau.

MARGOTON.

Ne bavardez donc plus comme un tambour en foire,
Parlez : possédez-vous un troupeau de moutons,
De l'avoine, du blé, des ânes, des dindons ?

GUSTAVE.

Que j'en possède ou non, croyez-vous donc, ma chère,
Que ces seuls biens nous font heureux sur cette terre ?

MARGOTON.

Cap de dious ! il vaut mieux un pailler bien grenu
Que les quelques haillons d'un salou demi-nu !
« Le pailler de Joseph. »

GUSTAVE.

Vous attristez mon âme,
Et me choquez le cœur.

MARGOTON.

Moi, je ne suis pas dame
A vous faire l'honneur....

GUSTAVE.

Compris, d'un entretien, voulez-vous bien me dire ?

MARGOTON.

D'un gracieux sourire.

GUSTAVE.

Je trouve tant de grâce en votre sérieux,
Qu'en vous voyant, je dis : C'est l'ouvrage des dieux !
Voix douce, teint vermeil ; beau maintien, très beau yeux !
    Que vous êtes jolie !

MARGOTON.

N'ayez pas d'airs de moquerie.

GUSTAVE.

Ah ! juste ciel, comment me considérez-vous ?
N'avez-vous donc jamais apprécié les charmes
D'un petit amoureux tombant à vos genoux,
    Pour les arroser de ses larmes ?

MARGOTON.

Que si, de mon Joseph ; mais vous n'êtes pas lui :
    Je le désire tant pour chasser mon ennui,
Et m'étonne beaucoup qu'il ne soit pas encore
En ce lieu : je l'y trouve au lever de l'aurore
Chaque fois que j'y viens abreuver mon troupeau.

GUSTAVE.

Toujours il vous fait là quelque petit cadeau ?

MARGOTON.

Et oui M'sieu, quelquefois d'un bouquet de violettes,
Plus souvent composé de belles pâquerettes ;
Il dit que c'est ma fleur : mais toujours d'un baiser.

GUSTAVE.

Et vous le laissez faire ?

MARGOTON.

Hé ! pourquoi pas ? il est si doux d'aimer !

GUSTAVE.

Je croyais cependant que.... parfois votre mère....

MARGOTON.

Que parlez-vous de mère ! et pourquoi nos parents
Fourreraient le nez là-dedans ?

GUSTAVE.

Vous avez bien raison, et j'aurais dû me taire.

MARGOTON.

Mon Joseph, lui, connaît mieux son affaire.

GUSTAVE.

Probablement, pour moi c'est un mystère.

MARGOTON.

Je vous renseignerais, mais, seul, mon confesseur
A le droit de savoir les secrets de mon cœur,
(Et mon Joseph) ; Quant au restant du monde,
    Je l'induis en erreur profonde.

GUSTAVE.

A votre confesseur vous ne dites pas tout ?

MARGOTON.

Suis à ma religion fidèle jusqu'au bout.
    (Ainsi qu'à mon Joseph.)

GUSTAVE.

Quelle naïveté, quelle candeur divine !
Dire à votre curé quand votre amant badine ;
Et n'aimer que Joseph, rire avec Joseph seul :
Heureux mortel, roulé dans ton linceul !

MARGOTON.

J'aime Joseph, lui seul, avec franchise ;
Mais au sujet de rire il faut que je vous dise :
Ceci c'est autre chose, et nos hommes des cieux
Peuvent à volonté faire les gracieux.

GUSTAVE.

Il me semble pourtant qu'un prêtre a fait promesse
De ne chercher plus rien qu'à propager sa messe.

MARGOTON.

Pauvre ignorant ! mais ne savez-vous pas
Qu'il doit donner des soins en dehors du trépas ?
    Que feraient les veuves dolentes,
    Les vieilles filles dans les tourments,
    Et les jeunes impatientes :
    Toutes les femmes mécontentes,
Sans d'un chaste curé les doux soulagements ?
Enfin, la religion, comme je l'ai apprise,
Permet bien un baiser fait par un homme pur,
Sans, pour cela, commettre une infâme traîtrise.
Il suffit de penser, pendant cette surprise,
A celui que l'on aime, à Joseph, cœur de brise :
Non, il n'existe pas quelqu'un qui soit moins dur.

GUSTAVE.

Que j'aimerais connaître un garçon si bonasse !

MARGOTON.

Ah ! quel être charmant quand son grand bras m'enlace !

GUSTAVE.

Et quel portrait, bagasse !

MARGOTON.

Qu'il m'est doux de revoir cet ange au front si beau,
Pour qui mes feux d'amour franchiront le tombeau ;
Et que je suis heureuse à tes pieds accroupie,
    Mon Joseph !

GUSTAVE.

    Vous faites la toupie.

MARGOTON.

Milliard d'excuses, M'sieu, je vous prenais pour lui !
Mon Joseph, pour lequel mon nez a toujours lui ;
Mais je vois maintenant que je m'étais méprise,
Car vous ne portez pas bonnet et veste grise !
(Mon Joseph, où est-tu ?)

GUSTAVE.

Il doit être fort bien vêtu ?

MARGOTON.

Avec son bonnet rouge, à plumet, tout en laine,
    Que sa mère lui fit avec un de ses bas,
Mis sur des traits lavés une fois par quinzaine,
    Il est vêtu comme on n'en trouve pas.
(Adorable Joseph, t'es mieux qu'un capitaine !)

GUSTAVE.

Ne criez pas si fort, l'on se figurerait
Quelque chose de grave et le monde accourrait,
Ah ! regardez, en voyez-vous la preuve ?
Ce bouffi courant tant qu'un chien de Terre-Neuve,
Devers notre côté.

MARGOTON.

Devers nous ! mais c'est lui, mon bouffi, viens donc vite
Distraire un petit brin ta grosse Marguerite !

JOSEPH.

Ma Margoton, j'accours avec célérité,
Mes sabots à la main et d'eau plein le visage ;
Mes cheveux sur le nez à l'odeur de fromage.
Ne m'as-tu pas compris, te hurlant comme un loup :
    Je ne puis courir davantage ?
Tu souffres, Margoton, que veux-tu pour le coup ?
Sans nul doute, ma chouette, il faut que je t'embrasse
Sur la joue et sur l'œil, sur le front plein de crasse !

MARGOTON.

A toute heure, en tous temps, en janvier comme en août,
Sans me débarbouiller je parais bien plus grasse ?
     Quel magnifique tout !
N'est-ce pas, mon Joseph, que je suis adorable ?

GUSTAVE.

Une chauve-souris ayant trotté les toits
De vingt jours à charbon n'est pas plus présentable.

JOSEPH.

Oh ! que je suis heureux quand, avec mes dix doigts,
Je cramponne ta taille et te fais bonne mine,
Depuis le plus haut poil jusqu'au fond de l'échine.

MARGOTON.

Hé ! qu'en dites-vous, M'sieu le pâle voyageur ?
Sait-on s'aimer ici sur cette belle plage ?
Nous mesurons l'amour par mètres, en largeur !
Et mon Joseph n'est pas un vilain personnage,
Tout annonce chez lui la force et la santé ;
Je n'ai donc pas menti quand je vous l'ai vanté.
Voyez-vous son sommet qu'une belle perruque
Y pousse en lui tombant jusqu'au bas de la nuque,
Et forme une couronne autour de son caillou ;
Se rabattant enfin sur ses vastes oreilles,
Les lui fait ressembler aux pattes des corneilles ?

GUSTAVE.

     C'est un charmant hibou.

MARGOTON.

Là ne se borne pas l'horizon de ses grâces,
Puisque, selon mes yeux, il dépasse cent brasses !
Voyez son cou d'hercule au dos majestueux ;
Son aimable devant sous ce gilet laineux ;

Ses flancs et sa tournure ?

C'en est une carrure !

Ses cuisses que recouvre un pantalon cendré,

Très bieu afistolé par des boutons en cuivre ;

Ses mollets aussi durs que ceux du père André ;

Mon Joseph, tu naquis, et tout cela pour vivre.

Mais déchausse-toi donc, enlève ce sabot ;

Montre les cadeaux admirables

Que te firent les saints, de leurs mains charitables :

Va, tu n'as pas pied bot.

Qu'as-tu fait, mon chien-loup, pour te blinder de crotte ?

Vite, avec mon mouchoir il faut que je te frotte ;

Puisque je ne veux pas que l'imbécillité

Pût faire dire aux gens : Dieux, quelle saleté !

Enfin, va promener, je veux que tu t'ébattes ;

Sans crainte du public, exhibe bien tes pattes :

Te voilà digne des vitrines.

GUSTAVE.

Propre pour les latrines.

MARGOTON.

Considérez-vous, M'sieu, ce mâle composé,

Cette démarche martiale ?

Est-il vrai que Goton n'a pas mal exposé

Sa vertu nuptiale ?

Sans compter qu'en son mou s'agite un sentiment

Qui pourrait réchauffer cent cœurs de jeune amant !

Aimant tout, son cabau, son mulet et son âne ;

Gardant tout à plaisir avec sa sarbacane,

Sans oublier ses vaches, Dieu merci !

GUSTAVE.

Et vous aussi ?

MARGOTON.

Il est de mes troupeaux le gardien et le guide ;

Il me distrait sur la montagne aride.

GUSTAVE.

Par quoi ?

MARGOTON.

Par des tours de berger fort amusants, ma foi ;
Enfin il tambourine.

GUSTAVE.

C'est le modèle des melons.

MARGOTON.

Je trouve séduisants tous les petits sermons
Tombant de sa babine.

GUSTAVE.

Le superbe animal !

MARGOTON.

Qui, loin de me blesser, ne me fait aucun mal.
(N'est-ce pas mon Joseph !)

JOSEPH.

Qui, loin de te blesser, te fait du bien, besef !
D'ailleurs, de ma bonté tu dois en être sûre ;
    T'ai-je pas dit, un jour, devant la cure,
Que je mangeais, buvais, pour soulager tes maux ?

MARGOTON.

Je me rappelle bien l'accent de ces bonts mots.

GUSTAVE.

Sans vous soûler pourtant à vous crever le ventre ?

MARGOTON.

Quand l'on te donne à manger la grosseur
    D'un sac de son, si c'est pour mon bonheur,
Invariablement, Joseph, que tout y entre !

JOSEPH.

Pour te faire plaisir,
Goton, s'il le fallait, je deviendrais gribouille ;
J'avalerais une citrouille,
Au risque d'en mourir.

MARGOTON.

Amant inoubliable.

GUSTAVE.

Joseph incomparable.

JOSEPH.

Par saint Margo, Goton, je deviens four,
Brasier, poudre, éclair et tonnerre ;
Je suis un phénomène ici sur cette terre.
Quel magnifique mufle exposant carrefour
Avec ta bouche en vrille !
Mon bel oiseau sans plume, il faut que j'entortille.
Ton existence au sein de ma famille.
Ouf, je veux t'embrasser !

. . . .

Quel morceau succulent qu'un baiser sur ta joue !
Ah ! si du ciel j'avais reçu les dons
Dont il gratifia mes beaux dindons,
En t'apercevant je ferais la roue.

GUSTAVE.

Qu'il soit dit en passant, cela sans vous fâcher,
Que vous feriez, je crois, mieux d'aller vous cacher.

JOSEPH.

Quel est cet inconnu qui bredouille sans cesse ?

MARGOTON.

J'ignore son adresse ;
Mais demande-la lui, va, pique-toi d'hardiesse.

JOSEPH.

T'écoute, attends : M'sieu l'inconnu,
Mon bonnet à la main et d'un air ingénu,
Je viens vous demander quand vous vîntes au monde,
Et quelle grange, enfin, vous servit de rotonde ?
Dans le cas très probable où quelque plat grenier
Vous aurait vu piailler, pleurer, baver, grogner.
Vu que vous êtes sec comme un grand coup de trique :
   Noir, maigre et long comme un singe d'Afrique ;
Coiffé d'une marmite à cuire mon dîner :
   Bref, plus chétif que mes plus vieilles bêtes.
Votre acabit ne peut se deviner ;
   Enfin, qui que vous êtes ?

GUSTAVE.

J'ai rencontré des ostrogoths,
Dans un pays d'ânes bigots,
S'ébaudissant sur la verdure.

JOSEPH et MARGOTON.

Considérant notre figure,
Vive le bonheur des époux !

GUSTAVE.

Et la procréation des poux.

LE CURÉ.

Mon refrain est : Que Dieu bénisse
La femme qui devient nourrice ;
Le jambon frais et la saucisse.

ACTE II.

GUSTAVE.

Sur toutes mes tournées,
En France comme à l'étranger,
Parmi mes plus belles journées
Je remarquerai celle où je vis le berger

JOSEPH.

Enfin, qui que vous êtes ?

GUSTAVE.

Je visite les monts,
Les plaines, les vallons ;
Tous les airs me sont bons.
Je contemple le vol des mouettes,
J'écoute le chant des alouettes.

JOSEPH.

Queh !

JARGOTON.

Eh !

GUSTAVE.

Les gens, le sol, le ciel, composent ma culture
Et ma tâche a pour but de scruter la nature.

JOSEPH.

Il est bon, ce brave homme, il veut nous cultiver ;
Tu devrais, Margoton, te faire labourer.

MARGOTON.

Mais cultiverait-il terres, femmes et bêtes ?

JOSEPH.

Je ne sais, M'sieu, queh que vous faites ?

GUSTAVE.

J'aide les laboureurs
A renverser les erreurs.

MARGOTON.

Moi, je renverse tout ce qui me fait obstacle.

JOSEPH.

Et moi donc, dans ce cas, j'ai fait plus d'un miracle.

GUSTAVE.

J'analyse les végétaux,
Ainsi que les minéraux ;
On m'appelle : Homme de science.

MARGOTON.

Eh !

JOSEPH.

Queh !

GUSTAVE.

Et j'adore la Providence.

MARGOTON.

Eh !

JOSEPH.

Qui que vous êtes ? Queh !

GUSTAVE.

J'adore le pays de France,
Je chéris les coquelicots :
Toutes les fleurs en leur essence.

JOSEPH.

Moi, j'admire les asticots
Qui se débattent sur ma pitance !

MARGOTON.

Mon Joseph, tra la la la la,
Nos pères et mères sont là,
Venant avec M'sieu le maire ;
Qui serait charmante l'affaire,
S'ils venaient pour nous marier !

BOUDIFFLARD (père de Joseph).

J'avons vu, mes enfants, que chez vous la jeunesse
A créé des besoins que l'on ne peut nier,
Et j'arrivons sonder votre tendresse.
Père Cuffinard, ça va-t-i ?

CUFFINARD (père de Margoton).

Ça va pla, votre fils épousera ma fille.

BOUDIFFLARD.

Consultons toute la famille.
Hé ! les femmes, ça va-t-i ?

LES MÈRES (de Joseph et de Margoton).

C'est consenti.

BOUDIFFLARD.

Hé ! les péchiots, ça va-t-i ?

JOSEPH et MARGOTON.

C'est consenti.

BOUDIFFLARD.

Môsieu le Mare, allons, qu'ici sur cette mousse,
Ensemble nous signions : Va comme je te pousse.

MONSIEUR LE MAIRE.

Oui, Môsieu Boudifflard,
Et nous la goûterons cette omelette au lard.

BOUDIFFLARD.

A tire la rigole ;
Qu'elle soit dure ou molle.

MONSIEUR LE MAIRE.

Que tout le monde approche, ainsi que les fiancés ;
Cerveau creux que je suis, je n'ai pas mon écharpe.

BOUDIFFLARD.

Ça n'y fait rien, prenez mon cache-nez,
Ne craignez pas qu'il vous écharpe.

MONSIEUR LE MAIRE.

Il me manque aussi l'encre, le bureau ;
Toute mon écritoire.

BOUDIFFLARD.

Ça n'y fait rien, le fruit de ce sureau
Fournira l'encre noire ;
Et, sur ce tronc d'ormeau,
Nous établirons l'acte :
Vive le pacte !

MONSIEUR LE MAIRE.

J'en ai, non, oui, j'ai porté du papier
Mais oublié le secrétaire :
Ce n'est pas permis de tout oublier,
Nom d'un tonnerre !

BOUDIFFLARD.

Ça n'y fait rien,
Le Môsieu que voilà le remplacera bien.

GUSTAVE.

Parfaitement, suis à votre service.

MONSIEUR LE MAIRE.

Tout est donc arrangé ?

GUSTAVE.

Pas mal aménagé.

MONSIEUR LE MAIRE.

Môsieu, vous n'êtes pas novice
Au sujet du travail qui vous est commandé ?

GUSTAVE.

Comme un habit raccommodé.

TOUT LE MONDE (excepté le Secrétaire).

Secrétaire, écrivez avec magnificence ;
Voilà les actes de naissance.

GUSTAVE.

Sans certificat de reconnaissance ?

MONSIEUR LE MAIRE.

Dans nos pays, c'est du bon ton
Que la dot des fiancés soit fournie en nature,
Comme étant la plus sûre.

TOUT LE MONDE.

Vivent Joseph et Margoton !

GUSTAVE (à Monsieur le Maire).

Des deux époux voilà le lien de ménage,
Que vous leur lirez si cela se peut.

MONSIEUR LE MAIRE.

Ainsi dressé l'acte de mariage :
L'an mil . . . . douze cent, si l'on veut,
Par une heure de la journée,
Se sont présentés Joseph Boudifflard,
Et Margoton Cuffinard,
Et cœtera, ça donne la nausée ;
Lesquels nous ont déclaré nettement

Vouloir tous les deux être un époux, l'autre épouse.
Interpellant ici, selon le règlement,
La future, elle a dit, très naturellement :
 Je ne serai point jalouse,
En foi de quoi, déclarons aux conjoints
Qu'ils peuvent désormais garder les bœufs ensemble ;
Intéressés, parents, ainsi que les témoins,
 Ayant signé l'acte qui les assemble.

TOUT LE MONDE.

Ça va très bien !
Vive l'hymen !

MONSIEUR LE MAIRE.

A quand la noce ?

LES PARENTS DES FIANCÉS.

A demain : quelle bosse !

BOUDIFFLARD.

Écoutez, mes amis, ce genre de sermon :
« Il est bien entendu que tout mon entourage
»Profitera demain du jus de mon ménage.
»Ses membres si nombreux, six ou sept environ,
»Vont grignoter, enfin, chacun un potiron ;
»Et, son service fait, Môsieu notre vicare,
»Prendra place non loin de notre secretare.
 »A côté de ma bru ;
 »Et mes gros choux flanqués de mes pommes de tarre
 »Vous régalerons dru.
 »Vivent les noces et les fêtes !
»N'est-il pas vrai, Môsieu ; Qui que vous êtes ? »

GUSTAVE.

J'ai rencontré des ostrogoths,
Dans un pays d'ânes bigots,
S'ébaudissant sur la verdure.

JOSEPH ET MARGOTON.

Considérant notre figure,
Vive le bonheur des époux!

GUSTAVE.

Et la procréation des poux!

LE CURÉ.

Mon refrain est : Que Dieu bénisse
La femme qui devient nourrice,
Le jambon frais et la saucisse.

ACTE III.

LE CURÉ.

La table et le couvert mis,
Sans la noce et sans plats, que ferons-nous, mon suisse?

LE SUISSE.

De votre déjeuner, je m'en brosse la cuisse.

LE CURÉ.

Déjà je me crois être au fond d'un paradis,
Sans Dieu, sans Jésus-Christ et sans aucune vierge.

LE SUISSE.

On vous a mis, du moins, en présence d'un cierge :
N'aimeriez-vous donc plus votre cher favori?

LE CURÉ.

En voyant un complet, moi j'ai toujours souri.

LE SUISSE.

Et moi, mon œil se mouille,
En songeant que bientôt je m'en irai bredouille
Quand vous vous gonflerez comme une grosse andouille.

LE CURÉ.

Ne vous désolez pas, mon pauvre marguillier ;
Avez-vous votre fifre ?

LE SUISSE.

Si j'ai mon turluru ? ah ! sapré bifre !
Je ne me permettrais de jamais l'oublier.

LE CURÉ.

Chut ! la noce qui vient ; et, pour les épousailles,
Donnez mon paroissien, que j'accouple mes ouailles.

LE SUISSE.

Je ne l'ai pas ; comment l'ai-je égaré ?
Hé ! ce n'est pas malin, au milieu des broussailles
Où vous avez perdu votre bonnet carré !

LE CURÉ.

Le diable les emporte !

LE SUISSE.

Peu m'importe.

LE CURÉ.

Et procédons quand même à l'union ;
Joseph, votre billet de confession :
Vous l'avez sur vous sans nul doute ?

JOSEPH.

Oui-da, je l'ai couvé tout le long de ma route.

LE CURÉ.

Pardieu ! si vous étiez poulette ou colibris,
Je me trouverais pris.

JOSEPH.

Que le ciel me maudisse,
Et l'enfer vous bénisse !

LE CURE.

S'il faisait des petits, songez au préjudice
Que cela porterait à mes bons de service,
Ce que je ne crains pas ; je voudrais seulement
Que vous me le livriez pour un petit instant.

JOSEPH.

Le voilà donc, serré comme un petit enfant.

LE CURÉ.

Passons tous ensemble en revue
Les principaux péchés du nouveau marié ;
Ne pouvant offusquer l'oreille ni la vue,
Pas un d'entre eux ne doit être oublié.
Commençons ; les voici : Mon père, je m'accuse
Qu'un jour, j'avais quinze ans, agissant avec ruse,
Je pris à mes parents un billon de deux sous,
Pour vouloir d'un barbier fort alourdir la tâche,
    Sans un poil de moustache :
Et quelque temps plus tard, je me couchai dessous
Un faix que mon voisin, mon prétendu beau-père,
M'avait mis sur le dos pour porter à sa terre ;
Là, j'ai failli surtout à mon grand caractère.
Mais ma plus grave faute, et c'est un crime affreux,
M'interdisant, je crains, le séjour des heureux,
C'est d'avoir une fois, sans malice sans doute,
Et tout en m'amusant, un petit peu tiré
La magnifique queue au chien de mon curé.
Priez pour moi, mon père, et déblayez ma route
    Du ciel : ô ! déblayez-la toute.
Joseph, je vous absous ; et, quant à Margoton,

Je la pardonne aussi, par la simple raison
Que je l'ai confessée et reconnue ensuite
Coupable, comme vous, de malice fortuite.
Ses délits ressemblant aux vôtres en tout point,
J'ai dû faire valoir aussi la négative,
Et dire à Margoton, rougissante et craintive :
Vous êtes pécheresse et vous ne l'êtes point.
« Du silence, assistants ; je vais du mariage
»Bénir les sacrés nœuds, selon le vieil usage :
»Au nom du dîner et de l'addition ;
»De Dieu le père
»Et du fils de sa mère,
»Époux, vivez selon la multiplication,
»Sans jamais inquiéter, Joseph, votre compagne
   »Au sujet du vrai multiplicateur ;
  Et vous serez heureux à la campagne,
   »Si vous possédez le bonheur. »
   Vite, à table et que Dieu bénisse
   La femme qui devient nourrice,
   Le jambon frais et la saucisse.

BOUDIFFLARD.

  Assistants, quand j'aurons tous pla mangea,
   Chacun je chanterons la nôtre ;
Aucun ne se fera représenter par l'autre,
  Et nul couplet ne sera refusa ;
   Commencez donc, Môsieu le Mare.

MONSIEUR LE MAIRE.

  De mon gosier je suis avare,
   Je sais bouffer mais non chanter ;
  Enfin, puisque le vin m'égare,
   Je m'exécute pour beugler.

TOUT LE MONDE.

Bravo pour le chanteur !

BOUDIFFLARD.

Continuez, Môsieu le Secretare.

GUSTAVE.

Mes pérégrinations sans bornes
M'ont ébloui de nouveautés ;
J'ai vu des animaux à cornes
Pousser des sons articulés.

TOUT LE MONDE.

Bravo pour le chanteur !

BOUDIFFLARD.

A vous, Môsieu le musician.

LE SUISSE.

Tout en jouant dans l'embrasure
De la fenêtre d'un clocher,
Je vis un prêtre en aventure
Qui cherchait à se bien cacher.

TOUT LE MONDE.

Bravo pour le chanteur !

BOUDIFFLARD.

A vous, les femmes.

LES FEMMES (mères de Joseph et de Margoton).

Deves èstre la pu bravetto
De touto li Margaridetto ;
Tu Noste chiarman Jiaouzeloun,
La flour d'as pu gaïar garçoun.

TOUT LE MONDE.

Bravo pour les chanteuses !

BOUDIFFLARD.

A vous, père Cuffinard.

CUFFINARD.

Aime beaucoup et suis, ma fille,
Ton homme aux bois, aux champs, aux prés ;
Si tu prospères en famille,
Ne crains pas deux paternités.

TOUT LE MONDE.

Bravo pour le chanteur !

BOUDIFFLARD.

A toi, mon fils Joseph.

JOSEPH.

Vivent ma vache et son fromage,
Mon pain de seigle avec le son !
Va, tu seras à l'engraissage,
Ma Margot, dedans ma maison.

TOUT LE MONDE.

Bravo pour le chanteur !

BOUDIFFLARD.

A vous, ma bru.

MARGOTON.

Mon refrain est : Que Dieu bénisse
La femme qui devient nourrice ;
Le jambon frais et la saucisse,
M'sieu le vicaire avec son suisse.

TOUT LE MONDE.

Bravo ! bravo pour la chanteuse !

BOUDIFFLARD.

Ma bru, j'admire votre voix
Et votre grande intelligence,
Car vicare et suisse à la fois
Soulagent les cœurs en souffrance.

TOUT LE MONDE.

Bravo pour le chanteur !

BOUDIFFLARD.

Môsieu le Vicare,
Entonnez-donc le de profundis du festin.

LE CURÉ entonne (tout le monde accompagne).

Qu'il soit tard, qu'il soit matin,
Mon refrain est : Que Dieu bénisse
La femme qui devient nourrice,
Le jambon frais et la saucisse.

L'ASE QUE JIOGO D'AOU PIFRE

(FABLE IMITÉE DE FLORIAN)

Es pa bourou caou voou, aï souven aousi dire ;
Ieou redise à moun tour : Es ase caou voou pa.
Lou que se creï parfè faï prèsque toujiour rire,
En laïssen tro souven maï d'un traou à tapa.
Anas veïre : un vièl ase, en mangian de caousidos,
Regardavo'n pastrou jiouga souto'n bartas
D'un traço d'estrumen pu pounchiu que soun nas,
Que fasiè jiuste un bru coumo dos cantaridos.
    Toutes lous pastres desarmas
    L'escoutavoun estasias,
    E se cridavoun : Bifre !
Nostre jiouine Pierrou jiogo pa maou d'aou pifre.
E l'ase de brama : Mounde de paou de sen,
    Voste cervèl s'envento,
Davan un paoure chio que suso, se tourmento,
    Per fa d'un pifre un tuièou à ven,
En se boudiflegean coumo'no saoumo'ncento.
Tandis que ieou, coulèg'.... ah ! fichien nous lou can,
Que me sente renous beouco maï qu'un taban !
Et lou grisoun, embestia coumo'n veouse ,
Avanço caoucaren en marchian sus la feouse ;
Quan un pifre aoublida din aqueles endre,
Se trovo sou sous pès et se lèvo tou dre.
    Lou bouriscou se quio,

Un'aoureïo's avan, se courbo douçamen ;
Espinchio per cousta, veï lou pifre que brio,
E manchio din soun nas aqueou paoure estrumen.
Piei, per bouffa se coufl'aoutan qu'uno barico,
O miracle ! un beou soun sourtis de sa nasico.
Noste ase alor, tou fier de soun talan,
    Per se moustra pu savan,
    Gulo'n faguen la cambirolo ;
Degus jiogo pas mièl que ieou de la pifrolo !
    Per lou bouffar de van,
De councisse la noto's un pichio-t-affaïre,
E servis pa de res aou que naï musicaïre.

LE PRINTEMPS

Amis, dit un jeudi
Le gentil Anatole,
Il est près de midi,
L'on ne fait pas l'école ;
Venez, allons aux champs :
Partons avec courage,
Pour saluer l'image
Du gracieux printemps.

REFRAIN.

L'on ne fait pas l'école,
Faisons la farandole ;
Demain, encor joyeux,
Nous travaillerons mieux.

Les fleurs y sont coquettes,
Toutes pleines d'encens ;
Bluets et pâquerettes
Réjouissent les sens.
Lilas et giroflées,
Violettes parfumées,
Abondent en ces lieux :
C'est le séjour des dieux.

L'on ne fait pas l'école,
Faisons la farandole ;
Demain, encor joyeux,
Nous travaillerons mieux.

Nous prendrons les plus belles
Pour orner nos chapeaux ;
Puis, enfin, sans querelles,
Nous ceindrons ces dépôts.
Le soir, d'un pas agile,
Nous nous retournerons
Tous ensemble à la ville ;
Et tous nous chanterons :

L'on ne fait pas l'école,
Faisons la farandole ;
Demain, encor joyeux,
Nous travaillerons mieux.

L'INSTITUTEUR

Instituteur, ton rang, ta profession, ta place,
Veulent que tu sois juste et modeste avant tout ;
Des rapports trop tendus que tu rompes la glace,
Que ton aménité s'étende jusqu'au bout.

CONSEIL AUX MARIS

Pour l'ange aux cheveux d'or qui sur son cœur te presse,
Ma lyre, en frémissant, joue un air de rêveur ;
Écoute les doux sons qu'en ce jour elle adresse,
Non pas à ta moitié, mais à son possesseur :

Si tu te sens souffrant, si l'ennemi t'oppresse,
Elle adoucit tes maux, cette suprême sœur ;
Ah ! ne la froisse pas ; sa main, avec tendresse,
Est là pour essuyer tes pleurs avec douceur.

Elle résiste aux coups du plus terrible orage,
Et te prend dans ses bras au cas d'un dur chemin ;
Chérir, chérir toujours est son divin ouvrage,

Ne refuse jamais de lui donner la main ;
Elle veut être aimée et n'aime pas la glace
Qui sur un vieil hymen trouve parfois sa place.

3

UNE FAMIO DE LA LOUZERO

L'annado passado,
Enb'un camarado,
Et, seloun noste gous,
Déciden de fa'n tour dessus l'aouto Ceveno.
Coumo lous que l'amour emmeno
Filèn à l'èr des aousselous.
Crejian qu'aïlamoundaou l'on beviè, l'on mangiavo
Grassamen;
Que lou bon èr qu'on y respiravo
Garantissiè d'aou michian ten.
Nous troumpavian : empourtèn fresco mino,
Et revenguèn lou ventre din l'esquino.
Un jiour qu'avian dourmi din la saulo jiassino
D'un pastre et de sa chino,
Et que, de bon mati,
Sian partis san mangia, san beoure un co de vi,
San veïre uno baraco
Arpanten tou lou jiour
Per trouva'n paou de proudui de four,
Et beoure un co de jius de raco.
Cependen sus lou souèr devisten caoucaren
Que semblavo'n moulou de païo.
Nous avancèn toujiour et toujiour avancèn,
Tan qu'à la fi veguèn uno muraïo.
Aou mitan iaviè'n traou
A pu près d'un mèstre d'aou.

Nous approuchièn encar' et devistèn ensuito
 Un cremal enb'une marmito
 A cousta d'aou traou qu'avian vis,
 D'aou co moun coumpagnou me dis :
 Sente quicon que se ravino,
 Sèn davan un estaou,
 Entren din la cousino,
 Doutave un paou.
 Me dis alor : Foutraou !
 La fau me tourtouvio,
 Aï l'estouma prin coumo'no cavio ;
 Te dise : Entren, qu'en d'aqueste pays
L'agremen es pas bèou per aqueou que crenis.
Engouliguèn lou traou ; nous troumpavian pa gaïre ;
Veguèn be la cousino amaï lou cousinaïre ! ! !
 Testo d'oulo d'abor ;
 La tengudo crassouso ;
 Lous esclos ples de bouso,
 Et bouchiar coumo'un por.
 Soun bouné dré coumo'no quio,
 Coulou d'aciè que se rouvio,
 De bure èro'mpegassi ;
 Aviè lou nas abachiassi :
 De ten-z-en ten bavavo.
Faï pa res, demanden se chièz eou l'on mangiavo.
 Nous dis alor : Moussurs,
 Toumbas pu mal que de boulurs !
 Jiour de semmeno's pa jiour de bioure :
 Ioï l'oustal es sec coumo'n sioure,
 Aben pa res de bouo, ni bin,
 Ni gigo de lapin ;
Troubario soulamen qualque paou de calliado ;
 Se ni desirat uno'scudelado,
 Coumo la que teno à la mo,
 Abet qu'à dire un mo :

Aco te pa tan la tripaïo
Cuumo'no bouono ripaïo,
Oun te la car de bioou
Rouflo per tou lou moure,
En be lou bouo jius de boure,
A plein ourgioou.
Toutes dous li criden : Nostos dens fan la rèsso,
Baïlas doun ce qu'avès, que la fan nous travèsso !
En veguen nosto fan,
Lou cur d'aou Cevenoou s'estripo d'aou mitan.
Partis et vaï cerca'n gros douïre
Rempli de la caïa coumo n'ia chiès lou bouïre ;
Et crido'n mèmo ten : Aou, Rosolio !
Ma chiarmantasso fio !
Baï t'en beïre al cofre à lar,
Ou be din lou placar,
Se io pa'n missou de poussèlo ;
D'aquelo bouono car que semblo de rouzèlo.
— Si, moun païre, i n'iabèt un ;
Sen à crasso de lun,
Diguè la fio mouquetasso.
— Baïlo lou doun mièjio tarnagasso,
Toun païre sa be ce qu'es de sesou :
La bièio car et l'escarassou.
Anen, mous bouos amits, countunié l'aoubergisto,
Boutat bous sus aquel ban,
Coumo'n païre maristo,
Mongiat chiacun de lat, de pan.
D'aou ten que mangiavian apparesquè la luno,
Bouchiardo daou davan,
Et vouguen pa creba de nostes iels la pruno.
Diguèn : Couchien aou mas, partiren que deman.
Nous faguèrou dourmi din un foutraou de caïsso,
Emplastrado de graïsso ;
Faï pa res, roupien din aqueou bastimen
Jiusco que lou sourel piquè lou controven ;

Alor saoutèn d'aou cofre et nous desengraïssèn.
      Ensuit'à la cousin'anen.
      En i rentren veguèn l'aïgo boulido fachio,
      E noste Cevenoou rire coumo'no tachio.
El nous diguè : Garçous, per l'amour del bon Dieou,
      Qual dejeuna chiès ieou.
      Coumençavian de pachinga la soupo,
      Empestado de pan passi coumo d'estoupo,
      Qand la païo d'aou couvèr
      Faguè'n saba d'enfèr.
      D'aou co noste oste tan aïmable,
      Se mes à crida coumo'n diable :
      Bièio carogno de Marioun,
      Perdes lou cap ou toun Jiacas es un couïoun !
      Lous pouors sou sus la teoulado ;
      Se besios quanto degoulinado
      De bousassous din nosto sièt'abèn,
      Lous farios dabala bitamen.
      Boudieou ! boudieou ! coumo ni toumbo !
      Din lou pla nio n coumo'no boumbo !
      Et l'oustelié de chiaco man,
S'adujien d'aou de gros et d'aou de d'aou mitan,
      Lous premiè, zou, lous escampavo ;
      Et pièi après las arpos se lipavo,
      Per que se perdegèsse pa
      D'aqueou jius tan bien adouva.
      Espinchien et laïssen faïre,
      Mangièn un paou, mangièn pa gaïre ;
      N'avian vis un paou'tro per poure dejiuna ;
      Ou crejian tou peri, mèmo lou bajiana
Qu'en b'un cuiè de bouès lou majiouraou mangiavo,
D'aou ten que lou bouioun din soun col regoulavo ;
      Et blouquen noste sa per vite nous nana.
      Partiguèn doun, l'amo touto doulento,
En pensen qu'un maou souèn fasiè mangia la fento.

A L'ÉTOILE

Étoile en clignotant,
Tu me louches
Et te couches
Méchamment.
Veux-tu rire,
Point de mire
Des carpeaux
Et des crapauds ?
Des mouettes,
Des lézards,
Des chouettes
Et des canards ?

Que le diable te peigne,
Musareigne,
Car, ce soir,
Tes caresses
Sont traîtresses
Au boudoir.
Étant fière,
Trop altière,
Sottement,
Tu balances
Et tu danses
Constamment,
Sans mot dire
Au pauvre sire

Qui te guette :
Vieille bête !

Démasque tes faux airs,
Paresseuse,
Es-tu dans l'univers
Vaporeuse,
Avec éclat,
Ou solide ?
Ton état
Du bolide
Tiendrait-il ;
Et l'outil
Qui désagrège
Certains corps,
Tout à l'aise,
Ferait-il
Du solfège
Dans tes ports ?
Enfin, drôle,
Parle-moi,
Ta parole
Fera foi
Jusqu'à preuve du contraire.

Toi, te taire,
C'est fort mal ;

Sur la terre,
Tout animal
Instruit même
De ce qu'il aime.
Tête de chien,
Ou sac de cendre,
Fais-toi comprendre
Mal ou bien....
Gros cyclope,
Ou varlope,

Tu ne dis rien ?....
Et ta grimace
Toujours agace
Mes deux yeux
Audacieux !
Soit, mutine,
Je devine
Tes desseins :
Tu veux tromper les humains.

TROIS FLEURS

Un jour que notre ciel était pur et sans voiles ;
Une nuit qui portait tous ses millions d'étoiles,
Je vis, dans un jardin du terrestre séjour,
Trois fleurs, et ces trois fleurs, dans la grâce de l'âge,
Imposaient à mon cœur, qui débordait d'extase,
  De les aimer d'amour.

De ce jardin béni, méconnaissant la flore,
Que peut éveiller seule une sublime aurore,
Je voulais tout connaître, ou mon mal ou mon bien ;
Mais, mal accompagné, plus muet que tranquille,
Toujours embarrassé par ma bouche inhabile,
  Je ne demandai rien.

Pourtant mon souvenir, cet ange secourable,
Me dit : Sur ces trois fleurs au maintien adorable,
Du bleu myosotis rappelant la douceur,
Tu reconnais un teint au gracieux sourire,
Que tu vis une fois ; son nom ne peux le dire,
  Appelle-le : Bonheur.

A LA FRATERNITÉ

Nous tombons à tes pieds, ô Fraternité sainte !
　　Au nom de tous les malheureux ;
Afin que désormais s'agrandisse l'enceinte
　　Où vivent les cœurs généreux.

Toi, l'espoir des martyrs, vertu plus que sublime,
　　Viens vite habiter parmi nous ;
Car l'égoïsme fait victime sur victime,
　　En te caressant les genoux.

Que t'avons-nous donc fait pour ne daigner entendre
　　Nos cris et nos gémissements ?
Ceux qui veulent le bien ne pourraient-ils prétendre
　　A se dénommer tes amants ?

Serais-tu sous le poids d'occupations lointaines,
　　Où sont inconnus nos méfaits ?
D'autres mondes plus purs connaîtraient-ils tes peines
　　Quand nous repoussons tes bienfaits ?

Quoiqu'il en soit ainsi tu dois venir quand même ;
　　Désirant être tes amis,
Nous voulons que tes feux ravagent ce que sème
　　Le travail de tes ennemis.

Des pôles nord et sud au centre de l'Afrique
　　L'humanité doit te chérir ;
Dans chaque monarchie et chaque république
　　Des souhaits monter pour te bénir.

Il ne manque plus rien aux hommes qui t'admirent
　　Qu'à te connaître intimement:
Salut, sois avec nous, et que les gens désirent
　　Te servir ponctuellement.

TROIS LUSTRES CHEZ LE MISÉRABLE

Trente fois le printemps a promené sa grâce
Sur les traits vigoureux qui couronnaient ma face ;
Et, trente fois, l'été m'a doré de son or ;
L'automne, trente fois, m'a montré sa pénombre,
Et, trente fois, l'hiver a couvert de son ombre
    Mon chemin allant à la mort.

Trente ans ont vu pleurer mes parents de tendresse
Sur ce qu'ils attendaient de ma verte jeunesse ;
Et, trente fois, déçus dans leur suprême espoir,
Ils regrettent enfin, amèrement sans doute,
De m'avoir introduit dans cette horrible route
    Unissant les pleurs au devoir.

Le matin de trente ans leur a dit : Espérance ;
Le midi de trente ans leur a dit : Méfiance,
D'un tranquille avenir ne soyez pas épris ;
Et le soir de trente ans leur a crié : Souffrance !
Votre espoir, votre enfant, ont eu pour récompense
    Une carrière de mépris.

Trente fois le labeur n'a pas connu d'aurore ;
Bien des fois les chardons ont étiolé la flore
Que chaque potager devrait porter toujours ;
Et l'humble citoyen, qui se perd dans le monde,
Maudit parfois le sort quand les ans font leur ronde
    De trois cent soixante-cinq jours.

LES DEUX ENFANTS ET LE PASSEREAU

Deux jeunes écoliers, je vais dire le nom :
Ils s'appelaient, je crois, l'un Jeannot, l'autre Edmond,
Cheminaient un matin vers le plus près village,
Innocents et joyeux comme on l'est à cet âge ;
Quand Jeannot aperçut, dans un petit buisson,
Un nid où sommeillait un tout jeune pinson.
Aussitôt, transporté d'une joie infinie,
Il court vers l'oisillon, objet de son envie,
L'enlève, et, le montrant à son gai compagnon,
Il lui dit triomphant: Vois donc qu'il est mignon !
Edmond le regarda...... de sa voix la plus douce,
Répondit à Jeannot : Entends le cri qu'il pousse......
Je crois y reconnaître une grande douleur.
N'aurait-il pas laissé dans sa couche de mousse
Quelque tout petit frère ou quelque jeune sœur ?
Jeannot répliqua : Non. — Eh bien ! c'est donc sa mère
Qui lui fait exprimer cette douleur amère ;
Elle l'avait quitté sans doute ce matin,
Pour s'en aller aux champs en quête du fretin
Qui servait chaque jour à soutenir la vie
De sa chère famille. On la lui a ravie !
« Inconsolable mère et malheureux enfant,
De songer à leur sort, hélas ! mon cœur se fend. »
— Edmond, écoute un peu, ne juge pas si vite ;
A ce gentil oiseau, je veux donner un gîte
Comme celui que j'ai : le vivre, le confort ;
Nous serons deux amis unis jusqu'à la mort.

Il sera donc heureux, reprit Jeannot, sa fuite
Ne saurait qu'expliquer une sotte conduite.
— Cher ami, dit Edmond en s'essuyant les yeux,
De vivre sans parents je le crois ennuyeux,
Autant qu'eux sans enfants se trouvent malheureux.
Parle, toi qui parais doué d'une âme forte :
Aimes-tu donc les tiens ou les quitterais-tu,
Pour t'en aller ailleurs mieux nourri, mieux vêtu ?
Désires-tu trouver ce soir ta mère morte ?
Ah ! s'il en est ainsi, garde le passereau,
Donne un cachot au fils, à la mère un tombeau ;
Mais, si ton cœur frémit sous la lèvre qui t'aime,
Qu'il ait sa liberté comme tu l'as toi-même.

Par les raisons d'Edmond, Jeannot fut convaincu,
Et rendit à celui qui n'avait point vécu
Sa vie et ses parents, ses chants et sa demeure ;
En s'écriant : Oh ! non, il ne faut pas qu'il meure.
Puis, cet acte accompli, se tenant par la main,
Ces généreux enfants suivirent leur chemin.

PRISE DE LA BASTILLE

Depuis bon nombre d'ans un réduit aux murs sombres
Couvrait le vieux Paris de ses sinistres ombres.
A quoi l'employait-on avec ses noirs donjons,
Où l'on voyait perchés meurtrières et canons ?
Beaucoup de nos aïeux, hélas ! pourraient le dire,
S'ils étaient là présents, et surtout le maudire :
Tels que Creutzer, Aumont, Madeleine Barreau,
Daubared, Laidanné, Palissier ou Blondeau ;
Bouvier Marie..... et puis, et puis combien encore
S'étaient vus dans la tombe au lever de l'aurore !
Le sort en était là, « de se coucher le soir,
Sa tâche bien remplie au sein de sa famille,
Et le matin suivant de peut-être se voir
Traîner comme un meurtrier au fond de la Bastille. »
Lorsqu'à l'oreille arrive un sourd mugissement :
Silence !..... est-ce le flot de la Seine qui gronde,
Ou bien un ouragan ? ce n'est ni l'air, ni l'onde,
Mais d'un peuple opprimé le long frémissement.
Toup à coup l'on entend comme un éclat de bombe :
A la prison d'État ! Que la Bastille tombe !
D'où part cette explosion ? Paris en est l'auteur ;
Et, du jardin des rois, un Picard plein d'ardeur,
Camille Desmoulins, en produit l'étincelle.
Il crie aux Parisiens : Sus à la citadelle
Des royaux éhontés, suppôts du vil orgueil,
De la corruption, du crime, du deuil,
Qui font de ce réduit une tombe cruelle !

Hommes, femmes, enfants portant haches, tambours,
Drapeaux, piques, fusils, écoutent son discours.
Ruinons, se disent-ils, le champ de nos misères ;
Et montons à l'assaut du cercueil de nos frères,
De nos sœurs, de nos fils, de nos pères et mères.
Quoique son accès soit d'un difficile abord,
Qu'il ait des murs gardés par des bouches à soufre,
Que pourrait l'empêcher de tomber dans le gouffre,
Ayant pour nous servir la justice et l'accord ;
Puis, que peuvent des murs contre un peuple qui souffre !
Et, se précipitant pour avoir la douceur
D'assister au combat donnant la délivrance,
Nos grands-pères, qu'exalte une longue souffrance,
Semblent se dire entre eux : Sous le plomb, as-tu peur ?
Songe que ce combat honorera la France.
Peut-tu jamais goûter plus savoureux bonheur
Que celui de tomber, en disant : Espérance !
En effet, ils tombaient ; mais, avant de mourir,
Ces héros s'écriaient : Vive la République !
Et, survivants, sapez le château monarchique ;
Parce qu'en ce grand jour ce monstre doit périr,
Pas un ne reculait de ces vaillants apôtres ;
Quand les premiers manquaient il en arrivait d'autres
Pour hâter le triomphe, en faisant leur devoir.
Ils le firent si bien que dans le même soir
Les portaux du réduit frémirent et tombèrent ;
Puis nos aieux vainqueurs ensemble s'écrièrent :
Courons dans les cachots, les sombres corridors
Du soutien des tyrans ! Qu'est-ce qu'ils y trouvèrent ?
..... Des vivants et des morts.
Les vivants étaient là dans d'immondes ordures,
A tel point que leur front en portait les souillures ;
Couverts de vermine et les yeux hagards ;
Les membres décharnés et les cheveux épars ;
Les pieds sanguinolents, tout meurtris par la chaîne
Que leur avait léguée une exécrable haine ;

Le teint hâve, presque nus ;
Quelques-uns entendaient, mais ne comprenaient plus.
Les trépassés étaient assis sur la sellette
Qui les avait vus vivre et puis mourir :
Pour connaître comment ils avaient dû souffrir,
On n'avait plus qu'à voir enchaîné leur squelette.
Et qu'avaient-ils donc fait ? Quels étaient les motifs
Qu'on avait invoqués pour les enterrer vifs ?
Avaient-ils, quoi! commis des faux en écriture ?
Volé, tué, des morts violé la sépulture ?
Non, plus affreuse encore était leur forfaiture,
Et méritait cent fois la hache du bourreau :
Dévoilé les défauts d'un monarque impudique,
Ou critiqué les mœurs d'une femme publique !!!
Aussi, tout animés du courroux le plus beau,
Nos ancêtres vainqueurs brisèrent le tombeau
Des pauvres innocents et l'orgueil des coupables.
Où sont les faits plus grands, les actions si louables
Que celle qui sacra la sainte égalité
Sur les débris fumants de l'impudicité?
Ah ! qu'ils ont mérité, ces pères héroïques,
     Les quelques lauriers civiques
Qu'une fois, tous les ans, nous voulons bien offrir
     A leur gloire, à leur souvenir.

LES RAMPANTS

Il est des êtres vils, que l'on trouve partout,
Se mouvant sur le ventre en se tenant debout.
Quels sont ces animaux que la mère nature
A dotés d'un penchant contraire à leur structure ?
La vipère, en été, rampe encore à demi ;
Que le crotale veille ou qu'il soit endormi,
Il est toujours astreint à traîner sur la terre.
Je serais le premier à crier : O mystère !
Il ne peut exister de si louche animal,
Si je n'avais pas vu tous ces monstres fétides
Couvrir l'humanité de blessures livides,
Pour ne pas la tuer, mais lui faire du mal.

Ah ! je m'excuse au ciel, parce que je contemple
Que ces êtres hideux ont reçu du destin
Un peu de naturel conforme à leur instinct,
    Dans cet unique exemple :
Par le pouvoir, que guide l'infâme désir,
De causer tous les maux pour jouir du plaisir
Que procure à leur cœur la souffrance des autres.

Lecteur, reconnais-tu les fidèles apôtres
Du vice, du forfait, de l'ennui, des douleurs ?
Ce sont les esprits faux, les jaloux, les flatteurs,
    Les médisants, les calomniateurs.
Leur âme, qui n'a pu jamais aimer son frère,
Leur permet de plier sous la voix du plus fort
    Jusqu'à mordre la terre :
Heureux de s'aplatir et sans aucun effort.

Mais auprès des petits, alors ils se redressent,
      Bavent, sifflent et blessent ;
Et, pour mieux démontrer leur superbe grandeur,
Ces cafards vous diront : J'ai mon cousin ministre,
Mes camarades sont pape ou bien empereur ;
      Ajoutant de leur voix sinistre :
Si je veux, je peux tout ; d'ailleurs qui pourrait mieux !
Et se disent entre eux : Faisons, en vrais bravaches,
Du mal ; mais cachons-nous, puisque nous sommes lâches.
Que ceux ayant comme ces êtres odieux,
Les tiennent à l'écart tout le temps de leur vie :
      Mieux, que tout mortel s'en méfie,
Car la sécurité nous dicte le devoir
De leur tourner le dos pour ne jamais les voir.

LE PAUVRE, LE RICHE ET LE PROGRÈS

LE RICHE.

Je vis en homme sage,
Car je donne au mendiant.
J'ignore le servage :
C'est trop humiliant.

LE PAUVRE.

Bourgeois, moi je fais vivre
Les heureux, les souffrants.
Ce souvenir m'enivre ;
Mes services sont grands.

LE RICHE.

C'est tout de même drôle,
Quand on n'a pas un liard,
De posséder l'obole
Pour donner au vieillard.

LE PAUVRE.

Je soulage mes frères,
Malgré mes embarras ;
Et j'étreins leurs misères
Dans mes solides bras.

LE RICHE.

Je produis l'abondance
Rien qu'en ouvrant la main ;
Et ma toute-puissance
Sème, mout, fait le pain.

LE PAUVRE.

Tu vivrais dans la gêne
Si je n'ensemençais
La montagne et la plaine,
Et ne les moissonnais.

LE RICHE.

Tu mourrais de misère
Sans les petits écus
Qu'extorque ton salaire
Sur tous mes revenus.

LE PAUVRE.

Cette fortune immense,
Comment la gagnas-tu ?
Des fois sur l'indigence,
Fort loin de la vertu.

LE RICHE.

Cet état misérable,
Qui t'en a donc doté ?
N'est-ce pas une table
Où trône la gaîté ?

LE PAUVRE.

Eh bien ! je te convie
A partager mon sort :
Ta luxueuse vie
Y trouvera la mort.

LE RICHE.

Mais Dieu, dans sa clémence,
A nous deux a permis
Que je sois opulence,
Et que tu sois mépris.

LE PAUVRE

Va, Dieu nous laisse faire ;
Il permettrait aussi
Que l'on te fît la guerre,
Sans trève ni merci.

LE PROGRÈS.

Il n'est pas d'âme chaste
Qui fasse un tel discours ;
Puisque l'esprit de caste
Obscurcit les beaux jours,

Riche, à qui l'abondance
Permet la charité,
Soulage l'indigence
Sans un grain de fierté.

Pauvre, que ta vaillance
Du riche fait l'égal,
J'unis à la science
Ton labeur matinal.

Travaillons tous ensemble
Pour notre humanité ;
Le bonheur nous rassemble
Dans la fraternité.

DU SOCIALISME

Ce règne, tour à tour, combattu, proclamé,
Vaincra-t-il l'avenir, ou sa force de vie
Permettra seulement qu'il vive décimé
Par le poison meurtrier de l'égoïste envie ?
L'on ne sait : Croirait-on qu'il exige à tout prix
Être bien confié, mais surtout bien compris ?
Et puisque mon pays, je veux nommer la France,
Occupe un rang d'honneur parmi les nations
Offrant au bien du peuple une grande espérance,
Il devra desservir mes observations ;
Et trente-huit millions d'hommes, d'enfants, de femmes,
Formeront le bûcher qui soutiendra les flammes
De mon socialisme et de mon jugement.
Approchez tous ensemble, afin que je maudisse
Ceux dont la devise est : Que le monde périsse,
Bien plutôt que de perdre un denier revenant.
Pauvre et riche, arrivez comparaître à ma barre :
Je veux vous écouter contradictoirement.
Parlez donc, soyez francs : qu'est-ce qui vous sépare ?
Toi, pauvre, n'as-tu pas fort souvent insulté
Au cœur de ton voisin, sans l'avoir consulté ?
Et d'où s'en est suivie une affreuse méprise.
Toi, riche, n'as-tu pas bien des fois méprisé
Le pauvre en sa cabane, en son habit usé ?
Quittez ces préjugés qui ne sont que sottise,
        Et serrez-vous la main,
Les ennemis d'hier, les frères de demain ;

Travaillez en commun à vous rendre service :
    Ainsi le veut l'humanité.
De votre intérieur arrachez-en tout vice :
    Vivez selon l'honnêteté.
A votre tour dévots, rabbin, pasteur et prêtre ;
Il vous est imputé force sanglants combats ;
Vous avez méprisé les lois de ce grand être
Qui livra les nations à leurs libres ébats ;
Vous avez inventé le gibet, la potence,
Et, sans aucun respect pour la sainte innocence,
Vous avez tout brûlé, tout tué, tout pillé,
En invoquant un Dieu par vous humilié ;
Parce que vous avez diffamé sa clémence.
Vous agissez très mal sur le cœur de l'enfant ;
Vous agissez très mal sur l'esprit de la mère,
Et vous faussez toujours le jugement du père,
En prônant l'ignorance et l'abrutissement.
Mais la société, reconnaissant vos vices,
Un jour délaissera vos sinistres services,
    Pour favoriser le bon sens.
Alors l'on ne verra ni juifs, ni protestants,
Ni romains à Paris, ni moines, ni couvents ;
Nous serons tous amis, bannirons les sophistes,
Et, par fraternité, serons socialistes,
Serviteurs du bonheur, de la prospérité :
Nos saints seront nos fils, nos pères et nos femmes ;
Au foyer de chacun vivra l'égalité
    Aux dépens des actes infâmes.

Lou Chi d'aou Counten et lou Chi d'aou Souffren

Dous chis un paou devos, Milor en be Misère,
S'entretenièou un jiour, tout en se proumenen,
    De religiou, de cièl, de tèrro.
    Escoutas lus rasounamen :
A ça, disiè Milor, coumo coumprenes, fraïre,
La creatiou d'aou mounde ; et dis me, sans façoun,
Se jiamaï, per toun cap, as pas maoudi lou païre
Que te bastingoulè passi coumo'n coudoun,
Quan me creè lusen coumo'n velou de sedo.
Siès pa qu'un coudenas, sièi un por à l'engraï.
E d'oun te vèn aco ? mangios pa que de bledo !
Quan, ieou, d'os de gigo ne faou souven l'ensaï,
Pos counta que toun sor es pas bèou, te planisse ;
O ! boudiou, malaïrous, qu'es pounchiu toun rastel !
Me fas maou d'estouma, stabanisse, mourisse,
De te veïre rousti quan pete din ma pel.
Me de que vos qu'i fague ? aï souven aousi dire :
Quan lou bon Diou creè noste baloun rougnous,
I placè lou bon ten mescla'n be lou martire ;
E diguè pièi après : Bestios, debrouias-vous.
As grosses animaous, à toute bestialino,
De se mangia l'un l'aoutre, as omes de se tua,
Amaï de se mangia. Coustruiguè la babino
D'un per èstre gigo, l'aoutre Gargantua.
Se me creses mentur, reflechis sus la caouso :
Veïras lou gros mago chiès un fran sacripan ;
Toun mèstre travaïa quan lou mioune se paouso ;

Lou miou tro boustifa, lou tiou creba de fan :
L'ase d'aou paouvre bougre èstre nourri de païo,
Et lou chival d'aou riche èstre coufla de fe ;
Lous dous premiès tratas, un de vièio roussaïo,
L'aoutre, en be soun ounnou, de sembla la canaïo.
Lou patroun d'aou suiven, que poussèdo'n bèou be,
Sera pertou vanta coumo lou pus ounèste,
Amaï siègue un rascas, un fenian, un voulur ;
Que digue : Vos cin fran, ieou, jiamaï lous te prèste ;
Et soun chival, d'as pras sera l'accaparur,
Quan l'ase, sou soun faï, lequara la poussièiro
Emplastrad'à soun nas per chiaco co de ven.
Veses doun pelican, escumur de carièiro,
Que nostre viel teraïre es un sanle couven.
Ne vos maï, n'ias aqui : lou lou mangio la fedo,
Parço qu'es lou pu for ; lou ca mangio lou ra,
Parço qu'es soun traval, et pièi qu'a la den redo.
Mè m'arrèste, en pensen que per te rassura,
T'en aï counta prou lon sus la vido bestialo ;
Et, se doutos, d'aïur, de tant de verita,
Vaï ten, rosso que que siès, vesita'n paou laïalo,
Que t'appendran aqui ce qu'aouras merita.
— Misèro li respon : Vese, bravo bestiasso,
Que penses, en visquen couchia sus ta païasso,
A toutes lous malurs que supporto moun cor :
Rasclagies que m'an mes à dous des de la mor.
Oc, me faou bien grimpa per gagna la vidasso
De ce que tèn en l'èr moun affrouso carcasso ;
M'as dì la verita ; te sièi recouneïssen
De m'avèdre espliqua toun sagie sentimen ;
Mè m'as pa moustra tou, m'as cabi la manièro
De rampli moun pelen de graïssouso matièro.
M'as di que mourissiès ou qu'èros bien malaou,
De me veïre pu prin qu'un sujiè d'espitaou ;
Me lou poun qu'aïmarièi, lou que maï m'enterèsso,
Es aqueou que pouriè me fa chiangia d'adrèsso.

Ce que crese lou maï, maougrè tou toun bon cur,
Es que te bournaras à veïre moun malur ;
Et lecaras tous plas en faguen la grimaço
Aou chi que pensariè de partagia ta casso ;
Voudrèï be me troumpa, soulamen sièi tro vièl
Per creïre que lou lou s'accorde en be l'agnièl.
Vole escouta moun mestre ; et, seloun sa prièro,
Avedre bon espouèr qu'en quitten nosto tèro,
L'amo de toutes dous s'envoulara vèr Diou,
En laïssen din lou cros soun maou amaï lou miou ;
Espère qu'amoun daou din la croto'stièlado,
Lous omes et lous chis aouran l'amo plegado
Din lou mèmo petas : Qu'omes, chis, bien d'acor,
A la porto d'aou cièl aouran lus passo-por ;
Soulamen, lou qu'aïci sera'sta din la gièino,
Amoun d'aou menara soun vesi per la chièino.
Te faraï pa de maou, sièi tro brave bassiou ;
Mè te moucaras pa de las pels de moun quiou ;
Et moun mèstre sadoul aou tiou dira : Travaïo,
Aro qu'ai l'aoucasiou de te baila ma braïo,
·A toun tour de me creïre, et, san frounzi la figo ;
Parço qu'aco seriè per tro sanlo boutigo,
Se lou mèmo dieviè toujiour pourta lou pes
Qu'Adan li pastissè coumo'n bouïoun espes :
Et sustou quan lou chi sa bono par ne porto.
M'avièou pa mes pamen per ne garda la porto
De l'ouor que lou demoun vesitè quan vouguè ;
Et ne dise pa maï, save de qu'i faguè,
La fan me pounchiounegio et vaou per lou teraïre
Cerca moun dejiuna coumo fai l'amoulaïre.
Adiou, bono senta, sustou bon apetis
Per bien te prepara ta plaço'n paradis.

SOUVENIRS

(SUR LA SUPERSTITION.)

Je me souviens qu'un jour la Superstition,
Comme un oiseau de nuit, s'abattit sur la terre ;
Et le monde, ébloui par cette illusion,
Se laissa ligoter par le sombre mystère.
Il crut qu'il existait des anges et des saints ;
Un diable, un dieu, qui se battent ensemble ;
Des monstres encornés, de flammes toujours ceints ;
Un enfer, un éden à quoi rien ne ressemble.
Il descendit plus bas ; son esprit inventif
Lui permit de trouver sur notre grosse boule
Des eaux et des rochers servant de palliatif
A tous les maux du corps, même à ceux où s'enroule
Son moral appauvri par la crédulité.
Il trouva le Très-Haut dans les grottes de Lourde,
Sur un pic, un manoir croulant de vétusté ;
Et Dieu ne lui dit pas : Gros niais, c'est une bourde !
Encore il s'avisa de fonder religion
Sur religion nouvelle, et Dieu le laissa faire,
Sans lui dire : Ganache, aurais-tu l'intention
De croire qu'en créant ta nation et ta terre,
Je fabriquais aussi des billets de faveur
Pour telle ou telle secte ? Il lui laissa l'erreur.
A l'horible chaos que l'homme a pu construire
Sur un commencement plein d'accord et concis
Il a tout essayé sans penser à s'instruire ;
Et qu'en est-il sorti ? le confus du précis.

Le monde a pris pour Dieu du Saint-Père la mule ;
Il a donc mal agi pour être trop crédule.

(SUR L'ORGUEIL.)

Je me souviens avoir, sur le même chemin,
Vu deux hommes passer : l'un gras, paraissant riche ;
Et l'autre, au teint hâlé, sa coiffure à la main,
Suppliait le passant de ne pas être chiche.
Puis je vis le premier qui s'avançait soudain
Vers son malheureux frère en quête d'une aumône :
Il tira de sa poche une maigre couronne,
La tendit au mendiant ; enfin, avec dédain,
Lui tourna les talons comme à quelque immondice !...
Il avait mal agi : l'Orgueil est un sot vice.

(SUR LA TROMPERIE.)

Je me souviens qu'un jour pas mal de commerçants,
Trompant la bonne foi de leurs naïfs chalands,
Tâchaient de vendre au prix d'une riche fourrure
Les coupons plus grossiers que l'étoffe de bure ;
Et, se frottant les mains avec satisfaction,
Vive, se disaient-ils, l'affaire de commerce !
Là, les gens de talent, de piètre position,
Du jour au lendemain la fortune les berce.
Moi, je me figurais qu'il vaut mieux rester gueux
Que de faire fortune en se faisant verreux.
Si je vais blasphémer, que le ciel m'interrompe :
Ils agissaient très mal ! Voleur celui qui trompe !

(SUR LA JALOUSIE.)

Je me souviens qu'un jour l'affreuse Jalousie
Fit irruption chez l'homme et lui causa d'ennuis.
Les dons qu'il a reçus pour lui dorer la vie,
A son sinistre aspect, vite, s'étaient enfuis,

Ne laissant derrière eux que l'ombre de leur trace,
Dont la seule vapeur, loin de réchauffer, glace.
La solidarité, la charité, l'honneur,
Étaient partis, suivis par tout ce que le cœur
    Possède de louable ;
Et l'être humain grouillait dans le désagréable.
Il se plaignit alors de ce sort lamentable :
C'était trop tard, hélas ! quand il s'en aperçut.
Qui me dira les mots qu'en réponse il reçut?...
Tu te touves fouillé par l'immonde vermine,
Pour avoir mal agi : Qui jalouse assassine.

LA FEMME ET LE XIXᵉ SIÈCLE

Femme, bénis ce siècle : il est ton bienfaiteur.
Il prépare ton rang au foyer domestique ;
Il veut que ton époux te traite avec honneur,
En te laissant ta part de couronne civique
Que vous devez tous deux mériter et chérir.

O famille ! est-ce vrai que tu donnes la gloire
A celui qui te sert avec un doux plaisir ?
Et toi, mère éclairée, honneur à ta mémoire,
Si ton éducation est faite pour servir.

Quand la femme ignorante et superstitieuse
Marche sur un terrain où ne croît que le houx,
Et demeure accrochée à la branche épineuse,
Ou qu'elle y laisse au moins tous ses plus beaux bijoux,
Tu trouves devant toi les routes bien polies,
Pour te conduire au bien ou t'amener au mal.
Ce siècle te les donne : O beautés embellies !
Toi, femme, et toi, science, allez-vous être unies ?
Le progrès le demande ; il le faut, c'est fatal ;
Et la science veut que tu prennes la voie
Qui conduit au bonheur des tiens, jeunes et vieux.
Songe donc à ta tâche, ange que nous envoie
Le temps où nous vivons. Mânes de nos aïeux !
Quel bonheur pour tes jours, Palissy, si ta femme
Avait su te connaître et non t'humilier,
Quand, poursuivant ton œuvre, en pleurs, la mort dans l'âme,
Tu brûlais dans un four ton dernier mobilier.

Femme instruite, il faut donc suivre le bel exemple
De celles qu'un amour constant pour les bienfaits
N'eut jamais que leur cœur pour son unique temple ;
Et penser constamment à tous les maux qu'ont faits
Des femmes comme toi : ce, pour te mettre en garde.
Ton rôle est important ; viens avec moi, regarde :
Vois cette Bethsabée et cette Jézabel
Couvrir d'un voile noir la maison d'Israël ;
Et, reines, s'enliser dans la honte éternelle,
Qui fut les assiéger, même de leur vivant.
«Femme, couronne d'or, serait-elle en diamant,
Sans socle de vertu ne peut pas être belle.»
Mais voici Cornélie, Éponine au tombeau,
Attachant à leur nom l'honneur toujours nouveau
D'avoir aimé le monde en aimant la famille.
De même souviens-toi que Jeanne, l'humble fille,
Délivra son pays et puis mourut pour lui :
Sol qu'une Médicis, furie insatiable,
Vint inonder après de cette onde effroyable
Qu'on nomme : Sang versé ! Les vertus ont relui,
Quand, du vice assombri la longue pénultième
Ne saurait recevoir son châtiment dernier.
Joséphine sauvait Napoléon premier,
Eugénie a perdu Bonaparte troisième.
Salut ! sois Joséphine, en suivant le chemin
Où l'instruction te place et te serre la main.

LES MONTAGNARDS DE L'AIGOUAL

Ils sont tous bûcherons : le hêtre est leur ressource
Et le bœuf leur cheval de course.
Insensibles au froid, ils se moquent des vents,
Vivent de cinq en quatre et sont toujours contents.
De rester au foyer, pour eux est un mystère,
Quel que soit le climat qui règne sur la terre.
Si la neige a fermé les sentiers de leurs bœufs,
Ils vont quand même au bois avec leurs sabots neufs ;
Guêtrés jusqu'au genou, la hache sur l'épaule :
Ils ne sont pas français, mais esquimaux du pôle.

Quand la glace a durci leur pitance, leur pain,
Ils jeûnent, travaillant avec le même entrain.
Des fois leur main se crispe au rouleau qu'ils façonnent ;
N'importe ! à leur honneur, jamais ne l'abandonnent,
Jusqu'à ce qu'il en sorte une jante, un moyeu ;
Et, quoique fort dévots, ce travail est leur dieu.
Pour l'étranger qui passe auprès de leur personne
Et les voit, quand l'Aigoual au manteau blanc rayonne,
Dépeuplant les forêts dans la bure drapés,
Le verglas au bonnet et les cheveux givrés ;
Le nez violet, la barbe aux mille stalactites !
Ce ne sont plus de gens mais d'effroyables mythes.

FIN.